OLIVIA

The Essential Latin Edition

written and illustrated by Ian Falconer
translated by Amy High

ATHENEUM BOOKS FOR YOUNG READERS
New York   London   Toronto   Sydney

With special thanks to:
Sally Davis, Father Reginald Foster, and Professor Gregory Hayes

Atheneum Books for Young Readers
An imprint of Simon & Schuster Children's Publishing Division
1230 Avenue of the Americas
New York, New York 10020

Book design by Ann Bobco

The text of this book is set in Centaur.
The illustrations are rendered in charcoal and gouache on paper.

Manufactured in the United States of America
First Edition
10 9 8 7 6 5 4 3 2

Library of Congress Cataloging-in-Publication Data
Falconer, Ian, 1959–
[Olivia. Latin]   Olivia : the essential Latin edition / written and illustrated by Ian Falconer ; translated by Amy High. — 1st ed.
p.   cm.   ISBN-13: 978-1-4169-4218-4   ISBN-10: 1-4169-4218-1
1. Olivia (Fictitious character : Falconer)—Juvenile fiction. 2. Pigs—Juvenile fiction. I. High, Amy. II. Title.
PZ90.L3F36 2007   [Fic]—dc22   2006100887

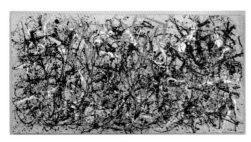

A detail from *Autumn Rhythm #30* by Jackson Pollock appears on page 29. The Metropolitan Museum of Art, George A. Hearn Fund, 1957. (57.92) Photograph © 1998 The Metropolitan Museum of Art. Used courtesy of the Pollock-Krasner Foundation/Artists Rights Society (ARS), New York.

A detail from *Ballet Rehearsal on the Set*, 1874, by Edgar Degas, appears on page 26. Oil on canvas, 2′1½″ × 2′8″ (65 × 81 cm), used courtesy of the Musée d'Orsay, Paris.

In memory of Amy High, whose translation was
a labor of love by someone who had so much love to give,
although I am sure she would have preferred this dedication read:
"Tres Porcellis meis [for my three little pigs],
Maddy, Josh, and Phoebe."

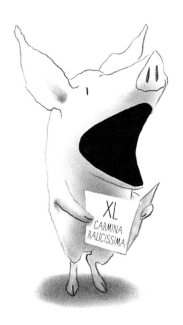

Haec est Olivia.
Perita est multarum rerum.

Peritissima praesertim in aliis defatigandis.

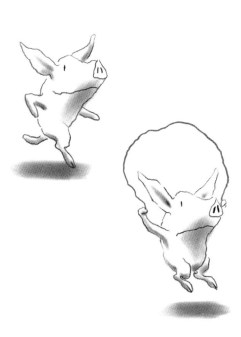

Se ipsam etiam defatigat.

Olivia habet fraterculum nomine Ianus.
Ille semper eam imitatur.

Interdum Ianus Oliviam valde vexat,
tunc illa eum firme reprehendit.

Cum matre, patre, fratreque habitat Olivia,
et caniculo Perrio

necnon fele Edwino.

Mane cum surrexit,
et felem amovit,

et dentes purgavit,
et aures pexit,

et felem amovit,

Olivia vestes induit.

Vestimenta ei omnia
probanda sunt.

Diebus apricis, ad litus ire Oliviam delectat.

Est ei maximi momenti
advenire parata.

Aestate praeterita, mater Oliviam parvulam
castella ex harena fingere docuit.

Ipsa peritior facta est.

Interdum
apricari in sole
Oliviae placet.

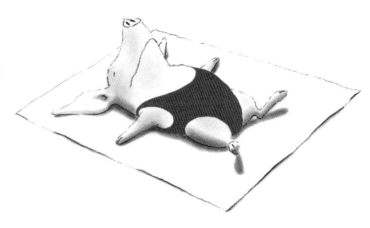

Ubi mater eam satis apricatam percipiat,
domum redeunt.

Cotidie necesse est Oliviae interdiu quiescere.
"Scis hora quota sit . . ." inquit mater.

Olivia haud est somnolenta.

Diebus pluviis ire ad museum Oliviae placet.

Statim picturam dilectissimam petit.

Olivia illam diu aspectat.
Quidnam cogitat?

Sed est una pictura quam Olivia non intellegit.
"Ego momento temporis illud facere possem," matri declarat.

Quod, similac domum pervenit, facere conatur.

Tempus poenae.

Post lavationem gratam

et cenam gratam,

tempus est cubitum ire.

At Olivia haud est somnolenta.

"Quinque tantum libros hac nocte, mamma," ait Olivia.

"Minime, Olivia, unum tantum."

"Fortasse quattuor?"

"Duos."

"Tres."

"Fiat, tres.
 Sed tunc satis!"

Libris perlectis, mater Oliviae osculum dat et,
"Scis, Olivia," ait, "te me multum defatigare.
Sed tamen te amo."
Cui Olivia osculum reddit et inquit,
"Et ego tamen te amo."